MW01226898

L'ÂGE BLESSÉ

Dans Le Livre de Poche :

LE BAL DES MURÈNES.

NINA BOURAOUI

L'Âge blessé

roman

FAYARD

à Anne Ferrier

Je suis à genoux, mes seins cognent l'un contre l'autre, débridés, libres des gangues qui retiennent et compriment l'air, ils sont en fibres larges et défaites, des sangles lisses battent mon ventre, une bête à charrier, rachitique, inféconde, échappée du troupeau, perdue. Mes seins me tiennent chaud, leur mouvement est un geste tendre, un intérêt pour ma personne; en grains flottants, en muscles évidés, des bas morceaux, ils sont détournés de leur première fonction, une nourrice de cirque affamerait des orphelins. Je gravite à l'horizontale, fixée à la terre, mon entraille, ma nouvelle lande, mon visage est dans la boue, je perds mes traits, mon corps se mêle aux mousses, je perds ma force, je suis acculée, mon peu d'avenir est végétal, ma conversion est biologique. Je creuse un tunnel. Je détruis des galeries microscopiques, des cachotteries, la ligne bleue de l'écosystème. Je m'annule sous le ciel. Je rampe, me vautre, m'essouffle, la forêt est bonne, elle disculpe, protège du regard, atténue la faute, l'enserre, elle gaine la honte, rassemble les branches pour me cacher. Je suis son enfant, adoptée, un rejeton contracté sur le tard, une pitié intégrée, une dernière volonté des bois. J'ai cent ans. Je suis libre. Je jouis de l'air, de la lumière, la nature lèche sans dégoût ma peau, une toile de jute accidentée. Je jouis du chant des oiseaux et de la plainte des louves, de l'herbe sèche et des pins résineux.

J'ai accès au feu, à l'eau, aux rouleaux du vent, je ne suis pas dispensée mais apte, les matins me capturent encore et me rendent aux nuits, je suis en vie. Ma peau n'est plus ma peau, mes profils se rejoignent, mon visage est brouillé, piqué, aride, oxydé, je suis en défaillance, mes seins ressemblent aux coquelets crochetés au plafond de la boucherie, mes tétons sont des becs de corne, une pastille rigide refoule les lèvres, je ne suis pas bonne à téter. J'habite un gîte au centre des bois. Je survis. Je suis pauvre. Je vaux autant que le broc, le lit, deux planches ajustées, la casserole, la tablette de nuit, mon miroir de poche, un tesson limé à fond, une sensualité que je fais disparaître entre mes genoux. La terre est ma compagne, une maîtresse femme m'enveloppe dans ses plis, les sillons d'un sexe ancien. Je jouis de plaisirs simples, une framboise sous la ronce, un nid découvert, une portée de six, un combat de cerfs, ma main entre mes cuisses. Ma chair gâtée est encore nerveuse, je sais l'étreinte violente, le sang aux tympans, je sais encore l'odeur, le grain, le goût des peaux secrètes, je sais les formes, la position, l'attrait, je sais le poids de la masse sous les ongles, sa légèreté, un corps dans l'eau, je sais l'haleine à la bouche, les jambes contre les jambes, le pinçon des doigts, la morsure des langues, la claque de la paume, le frottement des tailles réunies, l'humidité des produits. Je saurai encore courber, étirer, plier, prendre puis laisser. Je suis un fauve glissé dans un bas-bleu. Je me nourris de la forêt, je coupe et récupère le petit bois, ma dot, mon travail, que je livre au village, un cœur étroit où s'agencent des veines fixes : la mairie, les commerces, l'église, les demeures, les cases obligatoires des êtres. Ils mangent, dorment, travaillent, prient. Ils enregistrent les naissances, impriment les décès, assurés du relais. Je ne possède pas d'enfant, ma transmission est en roue libre, je léguerai mon corps au vent, aux champignons, à l'herbe qui ondule, une coiffe de géant. Mon travail est manuel. Je ne porte pas de gants. Je sens la résine, l'épine, l'écorce, la poudre verte, les sudations de l'arbre estropié, mon donateur de force. J'entasse les fagots au seuil des habitations. Je ne rentre jamais. Je suis interdite, repoussée. La misère se déplace. Je suis régulière, courageuse, une bête de somme, une vieille fille déguisée en bûcheron. J'ai mes commandes, au jour le jour, de la main à la main. Je ne connais pas les noms des visages. Je regarde vite puis baisse la tête. Je retiens une moue, une expression, une odeur, de charbon, de vin cuit, une couleur de cheveux, le son d'une voix blanche. Je sonne, je toque, je frappe, je crie, on m'ouvre enfin. Je reçois un billet, l'argent de la viande, du pain, du lait, une pitié, une monnaie de singe.

J'effraie. Ils me voient sans m'envelopper, mon visage est percé, nous échangeons nos feux, j'apporte l'incandescence du bois, l'incendie, ils me rendent la combustion de l'aliment. Ils craignent la forêt, ses plis, ses surplis, ils préfèrent la ligne droite des champs, le clair de la plaine, l'arrondi des collines, les seins d'une vraie mère. Ils m'appellent la vieille, la folle, la sorcière, je suis une orpheline de cent ans. J'arrache, je trie, je comble, je creuse, je cherche, je juxtapose, je fais des formes, je fais l'enfant, j'effile le temps, je tranche le tronc, sème, brise, frappe la corne et le coton mouillé, j'extrais l'eau du puits, la transvase, je ponce, je tanne, je fonde mon tombeau, je prends mes marques, je choisis, les tours de mon prochain lit. Je maîtrise ma mort.

Mes mains fouillent la terre, ses gravats roulent sur mes doigts, tapent contre l'ongle, blessent. Je les retiens, les examine puis les restitue au terrain vague, le lieu d'origine. Ma quête est rapide, acharnée, j'avance accroupie, le vent se pend aux branches, des bandes de gaze libres, légères effleurent un corps calciné, le soulagent. Mes mains crèvent le sol, elles sont viriles, des armes de poing percent les gouttières, creusent en rond pour moudre les chutes, des grains, des épines, des filaments qu'elles broient et réduisent en poudre brune. Mes mains sont supérieures à l'instrument, elles dépassent les coups de pelle, les dents du râteau, le bec de la pioche, elles dévastent la matière, elles grattent, cherchent le trésor. La terre est vivante, elle gémit, se froisse, s'écroule, ses galeries sont habitées. La terre se dévore, mes mains opèrent le ventre d'une obèse. Les fonds s'inversent, les travées s'effritent, une pâte sablée menace de céder, chaque piste mène à une autre piste. Je m'enfonce vers des boyaux sombres, à tâtons, après les ronces, après la boue, après l'argile et les cailloux, je cherche un plan nu, la première écorce, la note, le ton des bruissements, ma petite enfance. Je cherche une aire de jeux sous le cimetière. La terre est en travaux, je creuse, je retourne, je passe au tamis, je vise l'or au cœur du fumier, j'affole les petites existences, je romps les dépendances.

Le moindre filin est une passerelle vitale, la moindre motte est un refuge, une cachette, le toit d'un terrier, la nature maîtrise sa place, elle coordonne ses sujets, la terre est composée, une vraie famille confectionne son nid, se déchire, soumise à la loi du plus fort. J'assainis, je débarrasse, j'ouvre le sol pour un autre sol, le canton de ma mémoire. Je cherche la fulgurance, ma peau pénètre la matière, s'y dissout, je suis à même la glaise, dans l'humus et l'humide, un corps étranger arpente l'antre des lombrics, je m'allonge sous la ligne des pas, j'explore un gouffre, j'épuise mes forces, je creuse, extraite de la vie civile, enfouie, concentrée sur une pierre, une racine, un éboulis, des absurdités. La mer est loin, la terre glaciale cache, avale les corps, réduit en poussière et fait place nette, elle cerne l'enclos, le jardin, la parcelle du propriétaire et la descente des morts.

Je ne suis pas d'ici, rapportée, en exil, une pièce étrangère trace la pente qui la contiendra; j'étudie ses pleins, ses manques, sa dépression, je marque mon territoire, je choisis ma place, capte les odeurs, les froissements. Je suis une personne d'âge blessé, sous emprise, mon passé est mon avenir immédiat, mon conte, mon bâton de vieillesse, je suis ma génitrice et ma descendante directe, la mère-fille, je berce celle que je fus, ma siamoise.

Une volière occupe ma place, je reçois du monde, je creuse, mon enfance gît entre mes mains, une pelote de plomb traverse un mur, je suis visée, un fer rouge grille la doublure de ma peau que seule la chirurgie peut révéler, la nervure et le rouge des chairs s'habillant d'une soie à teint variable; mon enfance torpille, déchiquette, double son nœud, je suis prise aux pales d'une soufflerie, remise à jour, en charpie. Elle presse, tatoue, suture et prend racine, je possède un lait noir, je reçois une gifle sans main, un rappel à l'ordre, mon vide est habité, j'ai la garde du précieux, un talisman germe de mes viscères, je monte un cheval de pacha, je quitte la forêt, emportée par la fièvre d'un grand souvenir, j'ai au moins cent ans. Mon enfance serre mes tempes, écarte mes pupilles, affine mon grand âge, je prie à voix haute et dépliée, je sillonne un autre pays fichue d'une autre peau, ouverte au cou, aux poignets, aux chevilles, les rivets des esclaves; mon enfance est une broche, une attelle, une force, un pouls ajouté, elle fragmente ma solitude, un pan de résine dure, en petites informations, elle sucre l'amer et dilue le poison des ennuis, elle frappe à ma porte, tambourine, traque, c'est un chant, un serment, une possession, une mèche de feu.

Elle me souligne, m'accentue, me transforme, je viens de naître, j'ai la trace des forceps, deux échancrures aux extrémités du crâne. Je la ramène au vent, l'initie au froid, je lui prête ma voix, ma nostalgie est incendiaire, une folie ravage la plaine, les collines. Je suis la petite fille, le singe sur la branche, la peau que vise le bâton du maître, la douceur de mes parents. Elle est mon linge de nuit et ma robe de fête. Elle me contamine, par petites piqûres à têtes blanches, par tremblements et bouffées de chaleur. Elle me transporte vers des langues de sable, des champs d'alfa, des terrasses de glycines, vers des montagnes sèches, des tranchées, des manchons de boue, j'ai son sel sur mes hanches, mes pores sont en eau, je suis une outre pleine, ma muqueuse est orangée, j'ai du sable dans mes chaussures.

J'ai cent ans, je travaille contre les ordres du monde, sa logique, sa sévérité, j'ai dépassé le terme commun, l'espérance de vie, je suis hors la loi, je débute un autre périple, ma précarité est celle du nourrisson, je suis dépendante d'une mère froide et colérique, une dictature, un socle dur : la terre. Ma seule mobilité est déjà un acte, une revendication, une survivance, mes pas de chat suivent les marques d'un coureur de fond, je résiste, enrôlée, liguée contre mon propre corps. Je ne m'aime plus. Je ne me reconnais plus. Je suis dans le mouvement, je pars au combat. J'ai la vue absolue, je suis lucide, vive, libre de béquilles, de fauteuil, de masque à oxygène, j'échappe aux laboratoires de survie, mon entrain est naturel. Je suis ma garde-malade, mes mains soignent la douleur, la fièvre, l'infection, elles couvrent ma santé. Ma pensée brûle, je me possède, mes muscles fondent, je suis dépossédée. Ma force est un mirage, une invention de ma volonté, je marche seule, sans mon corps d'origine, l'âge amoindrit, je porte mes ruines. J'attends un signal, une vision, la voix, le torse de Dieu pour me retirer. Je l'attends. Mes épaules portent les fagots, le petit bois classé, ficelé, mon troc, des sacs de glaise. La pluie perce la toiture, déplace les tuiles, je vois de mon lit un ciel grêlé.

Mes mains s'appliquent, elles creusent et visent le fond. La forêt abrite un labeur, le premier terreau d'un champ. Mes mains creusent une manche, une passerelle pour ma mémoire. Je me contente des matières rustres, la boue est un sable jaune, l'infiltration est le col d'une mer chaude. Je fabrique avec du rien, je me baigne ailleurs, ma source est souterraine. Mes mains creusent ma tombe, un fossé accessible d'un seul coup de hanche, du seuil à la lande, une propreté. Elles déterrent, perforent, elles broient les insectes, retirent les coquilles, elles déblaient, trient, recyclent. Mon chemin tourne en rond, c'est un puits, un château d'eau renversé.

Je cherche la lumière et le coton, je cherche mon cheval de bois, je cherche la poitrine de ma mère, je cherche des voix, des rubans soyeux, je cherche l'odeur des crêpes et du chocolat brûlé, je cherche l'escalier en spirale, ma course ronde. Je cherche des yeux mon père qui fume. Un os de seiche flotte entre mes cuisses. Je suis virile. Je suis une grossièreté, animale, à quatre pattes, indomptable. Je ressemble aux singes de mon enfance. Je suis une guenon des gorges de Lassara, accrochée à la falaise, en attente sur son tréteau d'appui, sale, excitée, prête à mordre, à tuer.

« Les gorges de Lassara sont des langues de pierre façonnées par l'air et le feu, si détaillées qu'on pense à une œuvre humaine, un travail au marteau, à la pioche, à la lime à métaux, si polies qu'on croit à une structure de la nature, à sa planification. Elles sont accessibles par une rampe étroite et rocailleuse, un sillon central. Les singes surveillent le sanctuaire en bande de cent. Ils mouillent le lieu d'urine à jet continu. Ils grattent la terre, y mêlent leur excédent, un cadavre blanchi. Ils sautent d'attache en attache, en vrille face au vide, des flambeaux vacillants, en rappel contre la roche. Les encoches de la façade assurent l'impulsion. La chaleur, le vent, le sel travaillent la pierre, fondent ses creux, ses prises, l'indulgence du site. Une armée ondule par pendaison.

« Assis au pied des falaises, ils comptent leurs dents, lissent les stries du palais, des arêtes incurvées, frottent la gencive, une digue carmin. Ils se passent en revue, intérieur, extérieur, gain, manque, blessure, cicatrice, ils claquent la langue, charnue, érotique. Ils guettent les voitures de tourisme, les camions de marchandises, les troupeaux, les paysans. Ils mendient le sucre, le lait, le fruit ou la peau du fruit. Ils sucent la lymphe, la résine, la figue fraîche, le jus des tubéreuses.

« Ils arrachent avec des incisives longues et jaunes, ils tranchent avec des ongles de bonne femme, l'écorce, le bois, le grillage, ils dévorent les poils, les croûtes, les parasites, ils s'épousent, s'épouillent, le ventre calé entre les cuisses, le poing à la tempe. Ils montrent des aisselles blanches, une poitrine en muscles gainés, un sexe fort qu'ils frappent en vol. Des obus de vent pilonnent la roche. Ils revendiquent l'occupation totale du territoire, son emprise. Ils sont chez eux, en équilibre ou au ras du sol, nichés dans les plis de la matière, fondus à la pente pour prendre le soleil et sécher le suint. Ils marchent sur leurs paumes, une chair accidentée cousue au bassin. Ils sont indécents. Ils ont des visages d'assassins. Ils savent ôter les boutons du corsage, de la robe, du chemisier. Ils doublent leurs cris d'un jet de pierre, ils s'affrontent et rient comme des hommes.

« Je suis une enfant. Je descends de la voiture. Je n'ai pas peur, mon petit âge me protège. Nous avons la même taille. Je trouve des frères. Je suis l'apprentie sauvage. Je distribue des fruits, ma taxe de fréquentation. Ils me regardent, pacifiques, je suis chez moi, dans mon pays, à sa chair. Je découvre le moule de mon corps taillé pour la chaleur et la poussière de sable, taillé contre la ville, roulé dans une peau fauve. Ils reniflent, effleurent, apprennent mes formes et les traits de mon visage. Ils me caressent, m'incluent dans leur camp, ils me dévalisent. Je suis guenon, sale, vulgaire, simiesque. Je suis unique. Je les nourris, ils frappent le sol, ils crient, ils déchirent ma robe, ils griffent ma peau fine. On m'arrache de justesse. Je perds mon enfance. »

« Nous partons avant la nuit, engouffrés dans un boyau d'écailles, un chantier de trous, d'entailles, de cloques, une chair tuméfiée. Nous traversons des crevasses, des goulots d'entonnoir, des terrains glissants, des plaques éventrées, nous sommes en guerre. Je fonds dans un point de tôle, une incandescence que la lumière a élue. Le siège arrière brûle mes cuisses, je porte une robe en éponge rouge dite bain de soleil, courte, décolletée, un charme sur une pucelle. Le plastique presse ma peau, sanguine, on oublie un fer sur un col de rayonne. Au loin, les singes forment leurs rangs, les petits ralentissent le pas et imposent le rythme lent du deuil. Ils honorent mon départ, mes funérailles, sexe contre sexe, des embouts contre des déchirures. Ils volent mon innocence, la retiennent en gage. Je suis bestiale, affranchie du devoir de fragilité, autorisée à la sueur, au désordre du combat, à la vue du sang. Je prends vigueur. Le ciel change de couleur, il se charge d'essence. On allume un foyer, un seul tesson suffit à embraser le maquis, l'air est saturé de pétrole, de butane, de plomb coulé, mes parents me tournent le dos. J'appelle. J'appelle la nuque mouillée de ma mère, son ruissellement, j'appelle les mains de mon père agrippées au volant, sa concentration. J'appelle les yeux du rétroviseur, la force des épaules, la sécurité des seins cachés. J'appelle au verso de deux corps mes sauveurs inquiets. Nous roulons. Ils protègent la proie, l'incendiaire, l'étoile des hommes. Je saigne du nez, ils m'arrosent d'eau minérale. La fournaise perce mon corps. Le feu se signale au ciel par ses braises sèches et aériennes, des lambeaux d'aluminium dont on a gommé l'éclat. Les petits papiers gris volent au-dessus de nous, identiques aux tracts lâchés par milliers sur la crèche d'Oria. Je lève la tête vers les nuages, je suis une miette de coton brûlé, une sensiblerie.

« J'ai perdu mon âge aux gorges de Lassara, destituée, offerte aux singes puis arrachée. J'ai vieilli d'un coup, d'un geste de la main, un adieu, le temps du trajet, un aller simple, de la montagne à la ville. »

Le froid incise mes chairs, un instrument chirurgical, raffiné, un scalpel supérieur, procède par échancrures. Sa lame zéro, un fil de traîne, pique sur ma peau des boutonnières, des yeux en amande, rogne l'intime, la doublure révélée, s'enfonce vers l'os, la trame blanche, ma structure, le limon qui charrie, ébranle, la masse encore attelée, l'invendu. Elle sépare les graisses, effile, équarrit, ma colonne est une épée assise sur une moelle d'acier froid, sa garde haute, je subis l'expérience. Mes veines sont des pipettes de laboratoire, vitreuses, fragiles, cassables, ma vie bat, circule, s'échange dans des pailles de verre. Je suis un arbre malade, marqué à la craie, j'attends mon ouvrier aux mains gantées, dix petits sexes boudinés cogneront mon ventre. La forêt m'asservit, pliée en deux, je roule sur les flancs. Elle ronge, laboure mon corps, elle lacère, pétrit, pilonne, envahit, une marâtre se fait les poings. Elle germe, m'arrache, je deviens sa terre, un lopin d'existence, une part maigre, la dernière bouchée du pauvre. Nous nous inversons, je suis une nature à maîtriser, à rabaisser, l'empire qu'on vise de près. Je la repousse, m'en défends, je combats ses filaments, ses fougères, ses ronces, ses grappins, sa corne vivante, sa végétation touffue, rampante, toxique, son réseau caché, son accord avec le rien, un pacte noir, sa barbe d'oxyde, un fourreau d'épines, de dards, de pics, sa pourriture de fruits, de mousse, d'écorce, d'oiseaux faisandés.

Je la repousse avec mes doigts, mes genoux, mes reins, mon dos une fois allongée, c'est une lutte de pouvoirs entre la chair et l'humide, je subis sa chimie, elle tourne mon sang, gaine mon souffle, elle gèle mes muqueuses, un lierre file sous ma peau, m'étrangle, il fait froid, bleu et acide, il fait un temps de mort. Je suis à la fin de ma vie, en saison plate et déserte, la forêt est une décharge fermée par un plateau feuillu, un entassement, une couronne large, mon corps est son client, une épingle sur une carte des bois, un détail, une balise à contourner. Je me déshumanise par solitude, je deviens peu à peu transparente, végétale, une tige sucée. Je m'enrôle. Je pars à la guerre. Je vais à ma conquête. J'effectue des petits pas dans un seul sens, précis, fléché, un circuit intime où les gestes commandent le corps, l'organisent, effacent l'existence brute, la croûte, l'odeur, la peau caillée, convertissent ma bestialité en grâce par un contact, une prise, une séquence humaine, familiale. Je reproduis les gestes de ma mère, de sa mère, je maintiens un lien, une généalogie, je mets du frais sur le suint, j'appose du blanc sur ma misère. C'est un acte médical, une enquête, une opération de surface, une dérision.

Je me coiffe, malgré tout, j'écarte les nœuds, je brosse, coupe, égalise, je lisse du crêpe jaunâtre, presque minéral, un fouillis concentré plus bas, à l'entrejambe, une laine de brebis, impossible à rabattre, à plier. Je me lave au bac, vite l'hiver, une torture, lentement l'été, une jouissance puis une honte : cent ans s'immergent dans l'eau, un âge de chiffon, mouillé, insalubre. Je suis en ravages. L'eau me pénètre, la chaleur me consume. Je me caresse, me force, je me possède, j'embrasse ma réalité, j'arpente ma cellule, mes chairs flottantes, une baudruche crevée, je me contrôle, j'effleure ce qui rebute, j'ausculte ma mutation, mon long chemin, j'aiguise un couteau contre le traître-corps, le monstre du miroir, l'étranger. Je ne me reconnais pas, je ne m'habitue pas. J'épouse et renie mes taches, mes creux, mes césures, mes excès de grains, de poils, de plis, mes accents, je frotte mes fesses au crin, je rafistole un sinistre, une explosion, à la main, à la force, je réajuste mes lignes, je m'oppose à ma peau.

Je croise mes mains sur mon sexe, j'entrouvre, j'occupe ma permanence, l'humide chauffe sous ma paume, un palet lisse et ferme, je me force à boire, à manger, à dormir, à perdurer, je me reconstitue, j'accomplis mes charges quotidiennes, je comble une dette, je sers une maîtresse.

Je suis obligée. Je cours à vide, sanglée de vent et de souvenirs. J'ai mal. Je porte une enfant. Elle m'exige. Je la nourris, l'entretiens. Une fillette est enfouie sous mes formes brisées. Je tire du lait des biles noires. Je suis son sein, son berceau, sa chambre rose. Elle est mon éternité. Je me fouille, je traque la disparue, la déportée, c'est une chasse au corps, aux cris, à la lampe torche, au chien-loup. C'est une chasse à l'enfant. Sa présence est mon devoir d'être. Je suis pour elle et contre moi. Elle est sous mes ongles, au mou des yeux, sur ma langue, entre mes cheveux, autour des membres, du visage, elle est l'odeur, la couleur, la texture, elle est ma démarche, le son de ma voix, la tristesse du sang, le bleu des veines, elle est où je ne suis plus, sous l'aride et la lenteur, elle est l'envie et la tension, le gage à accomplir, elle est ma taille, mes hanches, mon bassin frotté, elle est l'haleine et le battement des cils, elle est mon sexe blanc, mon poing clos et le squelette, elle porte ma course, mon endurance et mon travail, nouée aux draps, comprise dans mes gestes et mon souffle.

Elle s'insère dans l'inventaire du lieu, elle est le lit, le bois, le broc, la casserole, la cheminée, la hache, la serpette, elle figure sur l'inventaire du corps, elle est le regard, les lèvres, les paupières et le nombril défait, un nœud qui coulisse. Elle est ma beauté feinte. Une grille enserre mon visage. Je suis enferrée. Mes traits d'origine gisent sous une pâte rance, un ferment, une huile de seconde main, ma grâce est cloîtrée, empêchée par les tiges d'un masque dur. Les insignes du temps compté et saisonnier tailladent mes profils. Je capte en deçà des points de croix une lande, une matière parfaite qui soude l'os à ma peau, le teint au grain, la chair aux lignes tendues.

« Je suis une belle enfant. Ma mère le dit, les hommes le confirment. Je tourne le dos aux vagues qui s'écrasent, mes bras sont écartés, mon torse est en avant, plat, brun, mes genoux, mes paumes, mes mollets sont immobiles sur le sable, tétanisés, je suis en bordure, avant l'eau, sur l'humide, parfois la mousse. Je regarde vers la plage, à quatre pattes, je surveille mes parents endormis, blancs de lumière, criblés, comme morts. Je suis une belle enfant. Je l'ai su par les hommes. Je l'ai appris. Je suis un point de feu. Ils sifflent les lèvres closes quand ils m'effleurent. Ils vont se baigner, se rafraîchir, se soulager.

« J'ai six ans, leur envie est en rupture avec mes jeux de sable, mes constructions.

Ils me sexualisent. Je suis un corps et une bouchée. Mes hanches sont déjà rondes, féminines. Ils tracent la forme de mes seins, tournés vers les aisselles, prêts à surgir de mon torse tendu. Ils repèrent leurs prises, connaissent la place de mon sexe, sa fente haute, un appât libre. Ils sont assis puis debout quand ils jouent. Ils lancent le ballon vers moi, le récupèrent à tour de rôle, je serre le sable, je n'ai rien et tout à cacher, deux tétons durs et douloureux. Ma voix ne porte pas, les vagues recouvrent mes jurons. C'est par eux que je le sais. Je déteste mon corps, coupé au bas-ventre. Mon sexe est une petite lèpre. Ils sont éparpillés sur la plage, bombardés, par groupes ou solitaires, en colonnes, en essaims, leurs regards forment des filets une fois réunis, qu'ils projettent vers moi, le rivet fixe. J'ai conscience de ma nudité, des battements intérieurs, du flux, de la chair évolutive, je change à vue, je m'érotise, fondue aux courbes de mon château. J'affine ses tourelles, pleines et polies, je monte ses remparts, je creuse, accentue le fossé, je saupoudre du sec sur le mouillé, je me caresse en achevant une miniature, la réduction d'un monument, de mon être compact, une densité, une pâte à pétrir, à accroître, aussi fragiles que les créneaux de sable qui s'émiettent.

« Ma garde tombe, ils approchent, ils observent, ils respectent une distance, un mètre nous sépare, un saut adulte, la règle de mon cartable, le support des traits, l'instrument géométrique gradué de zéro à cent. Je me tiens au centre d'un berceau d'épines. C'est la limite de l'enfance, l'écart prescrit, un mètre, cent centimètres, une taille, une mesure, deux coudées, un pan d'étoffe, la moitié de mon drap. Je sens la sueur de leurs peaux, surgie des muscles, mêlée aux poils, une huile de raisin pressée à chaud, je ne vois pas les visages, je m'en défends, je couvre un seul point, une obsession, c'est le respect de la fille pour ses maîtres, de la petite pour les grands, de ma solitude pour le nombre. Je vise la tranche entre le ventre et les jambes, le maillot enflé, le fourreau qui muselle une rigidité, mon absence, le comble de mes cuisses. La vie est là, au point dangereux. Il n'est pas question de mort, d'arrachement, de césure, mais de liaison, de fusion, d'absorption, la vie est là, entre le cœur, le pouls, les tendons, l'haleine, l'odeur, le chaos des eaux. Le ciel est franc, nu, sans oiseaux, le soleil est une vengeance. La vie est là, dans l'échange brutal, l'accélération, l'offre, la demande, la cible, le tir, la soif et le lait. Je me déteste. Je les excite. Je suis une traînée de six ans. Je compte les sillons blancs, du sel séché sur le maillot, un masque de bain.

« Ils courent, crient, plongent, ils atterrissent sur le dos, le torse ou les genoux, ils sautent en bombe, exprès, je les imite, je les envie. Ils éclaboussent les femmes qui dévient leur trajectoire par brasses rapides et affolées, soumises aux vagues, aux courants, aux écarts soudains de température, astreintes au large, engagées dans des galeries froides, des saillies sous-marines dont je maîtrise l'entrée et les sorties. La mer est assassine, percée de fosses aspirantes, de puits en amont du banc de sable, un secret que je garde pour moi. Ils sont juvéniles, gênés et fiers, lestés par le désir, ils pincent leur sexe, un point de côté, une assurance, ils se frottent à l'eau, une femme inondée, ils disparaissent, déchargent, remontent à la surface comme des ballons délivrés d'une pression. Ils flottent sur le dos, les cuisses en V, prêts à reconquérir la force, la crampe virile, l'orgueil des mères absentes. Couchés sur le sable, offerts, brillants, presque en danger, ils reprennent corps et possession du sol, de l'air, du souffle lent perdu à la nage. Le sel, le vent, la chaleur cinglent les parties froides. »

« Je ne suis pas une vraie beauté, mes épaules sont larges à force de nager. Je vise la ligne droite de l'horizon. Elle s'éloigne puis se rapproche de mon corps ballotté, déporté, malmené, aussi léger que le cadavre d'un ange. Elle déplace sa limite, impossible à occuper. Elle détermine l'ordre et l'instant du passage de la vie à la mort, l'arcane majeur des mers. Elle fait se noyer par épuisement.

« J'arrache mon corps du chenal, le territoire du maître nageur, sa responsabilité et sa compétence. Le drapeau est rouge. C'est la couleur de l'alerte et de l'accident, de l'huile sur le feu, c'est la couleur de la honte, de mes muqueuses et des sangs chauds. La baignade interdite est transgressée. Le maître rabat les offrandes vers le bord, il attrape les cheveux, les épaules, les pieds, la culotte, ce qu'il peut. La nage en eau forte est un jeu, une provocation, un duel, un suicide aussi, un don de soi. Les enfants regagnent le ventre de la mère, percent son humidité, s'y noient, les rouleaux projettent sur le rivage des petits moribonds aux yeux blancs, les planchettes séparées d'un radeau de bois.

« Je dépasse le bord, le coffre des vagues, je crawle vers l'espace libre, je vais à la racine des lames où la force se décide, un complot du fond contre la plage, je pars à la rencontre de l'autre continent, l'utopie, annoncée par des plis bleutés et des poissons d'argent, définie par l'ombre de ses terres immergées, brunes et rocheuses, protégée par des courants contraires et des spirales de sel. Un monstre marin me tend la main. Je nage pour m'enfuir du regard, des désirs, de l'appétence des hommes, la mer est une cape, une cachette, une soie brille et étouffe les enfants, je suis sa rescapée, son indulgence. Je nage pour m'enfuir de mon corps, de sa contrainte, de ma nudité incluse dans le paysage, j'appartiens à la nature, je subis sa sauvagerie, ses instincts rapides et foudroyants, je nage pour brimer ma femelle de greffe, je la muscle sous les flots, je la veux robuste, masculine, estropiée de sa douceur. Je ne suis pas une vraie beauté mais une folie suggérée, une pulsion. Ma grâce valide un réflexe, elle est animale et sécrétée. J'occupe la vitesse et l'immédiat, j'induis toujours le même geste, une main portée au sexe. Je ne suis pas un charme mais une agression, je suis la guerre et non un esthétisme, je suis un liquide, un parfum corsé, une rafale, je donne l'envie, de serrer, de prendre, d'attraper, de blesser, la taille, le ventre, les épaules, l'anse des chevilles et des poignets.

« Les hommes de la plage compliquent mon enfance, ils me ramènent à eux, au concret, entre leurs cuisses et sous leur langue, ils m'avilissent dans un rapport de forces d'où l'amour est exclu et l'humiliation imposée : courber, s'aplatir, se traîner. J'appartiens au domaine des roitelets. Ils détectent mon humidité. Ils tendent vers ce faux feu. Ils veulent lécher. C'est le but des cent pas, la lumière de la marche noire, la vie de leur petite mort, le gain de l'effort, la sœur de la sueur, ils rêvent d'une alliance inféconde, d'un plaisir rustre et honteux.

« La mer s'écrase, j'entends les enfants enfermés dans les rouleaux, parfois condamnés, des chalutiers longent la rampe de l'horizon, lourds et chargés, lents comme des vaisseaux de guerre espions; sur les plates-formes défensives, une armée de chair s'entraîne à mon insu, le pétrole glisse, s'échappe, miroite, mon feu s'exporte vers le continent, les marins détaillent aux jumelles nos corps lassés, anonymes, voués au même destin. »

Ma mémoire déterre mon enfance, une hyène, réanime un cadavre, comble sa vacuité, l'enveloppe dans un linceul de petite taille, noué aux extrémités des pans rabattus, une fillette est roulée dans un paquetage, mon passé est actualisé, mon corps ne souffre plus, je plane au-dessus de mes cendres, tout se délite sans moi, je ne peux plus vieillir, j'ai atteint l'indice 100, le temps est inutile, ma mémoire a fendu sa ligne de trot, son incidence, il tourne en rond. Je suis dans la lumière de l'enfance. Ma vérité est blanche, j'ai passé l'âge de savoir, j'ignore la forme et les raisons de ma chute, de la précipitation. Je suis en forêt, voilà tout, mon voyage, obscur et défendu, est une fuite, une inconscience. Je viens des plages, du feu, de l'humide, des cuisses de ma mère, des forces de mon père, mon identité a muté, je suis une femme vierge et une fille rompue. Les pôles sont joints, la logique est incohérente, je distingue juste les périodes, le jour et la nuit, le chaud et le froid, mon calendrier est sommaire, je dépends d'un détail, un trait de charbon sur le mur de ma pièce. J'inscris, je coche, je compte les allumettes du vide.

Ma mémoire est le terreau, la tige, la corne et le sapin, elle est la châtaigne, le champignon, la mousse et la bave des rampants, elle envahit, ronge, s'empare, elle est la soie, le velours et le coton, elle est la vermine, la suie, la rognure et ma potence. Ma mémoire est en forêt. Elles s'appartiennent, se prêtent, se rendent l'une à l'autre, elles sont complémentaires, la nature brute s'ajoute à la nature de l'âme, à ses miracles, elle permet le transfert, de là-bas à ici, elles sont complices par l'induction des faits et la contrainte. La forêt est rude, ma mémoire est un caprice. J'éventre et bats la terre comme on fouille les restes d'une histoire, ses écorces, à coups d'ongles, de pieds et de poings, je me défends contre l'oubli, je capture mes images sous le sable et les graviers, je cherche la preuve de mon existence lointaine, fugitive, amnésique, mon effort contribue aux réminiscences, je creuse, j'avance, je sais, je me souviens. Ma mémoire prend figure de terre, une poche se déchire, soumise aux brassées, aux arrachements, aux éboulis, elle s'ouvre et livre ses secrets, lente comme les loups qui s'accouplent dans le silence des aubes. Ma mémoire est sauvage. Je l'apprivoise, l'approche, je creuse vers sa lande, je n'ai plus peur, l'hiver pénètre la fournaise, je défais les lanières d'une muselière. Une voix chante. Dieu est en forêt.

Je subis un double exil, deux façades obstruent mon passage. Je viens d'ailleurs. Le village m'exclut. Le dégoût a un regard, une moue, une personnalité, il hurle. Je frôle les murs, m'y fonds. Une écolière est punie, prise en faute, de vol, de copie, de mensonge, d'existence. La honte est un cachot. Comprise aux bêtes, aux arbres, au vent, à l'humidité des bois, je suis une branche, un fantôme, une maladie, ma fonction est biologique, je contribue à l'équilibre des natures, au noir de la forêt, la terre est ma dentelle, mon cimetière est illimité, contraire au petit jardin clos où les tiroirs et les trappes se réservent à l'avance. Je suis un excès, un pli à effacer. Ils me donnent l'argent du feu par superstition. Ils achètent le cœur du Diable.

Les corps du village sont distincts, différents, je suis mon seul référent, une monotonie, une permanence. Je suis ma propre famille. Des hommes, des femmes, des enfants, en vêtements de travail, arrêtés, en grappes, en séries, des lambeaux humains, à peine vivants, rigides comme des corps pendus, serrés entre l'air et la lumière, m'observent. Le dégoût impose une distance du verbe, « Tenez-voilà-l'argent-pour-le-bois », des peaux, ils retirent vite leurs doigts de ma paume, un piège à taupe, cranté. Le regard est chirurgical, une aiguille traverse la laine, perce ma chair, la minutie déchire en grand, c'est ainsi que je déplace à vue mes biles et ma salive, mes huiles et mes eaux, ma colonne, mes osselets et mon bassin-cymbale.

Ils écorchent mon ventre, ma poitrine, mes cuisses, je deviens formelle, intéressante, je supplie la nuit de me couvrir, ils gonflent les poings dans leurs poches, elles signent une croix, une fiction, du nombril à la pointe des seins, ils font des repères de craie après mes pas, les cases d'une marelle, une conjuration. Ils clament la sentence, j'ai cent ans et je dégoûte. Le regard scelle ma différence, je suis enfermée, astreinte au retrait et à la fuite du temps, le passé me tend une corde, je saisis mon enfance, je commence à mourir, ils embrassent ma misère, ma robe prend feu, je quitte ce monde.

La forêt est le lieu de l'exil et du ravage, elle recueille et meurtrit, elle protège et abîme, je préfère ses ronces à l'humain, je choisis son froid contre les braises des mauvaises femmes, je ferme ses portes aux enfants rois, elle me serre, me nourrit, elle m'entrave et m'encadre, ma partenaire est violente mais juste, elle est le lieu du temps arrêté, réfléchi, décortiqué, elle est le lieu de l'attente, de la volonté d'être encore, de se prolonger, elle est le terrain des pensées égrenées, des liens reconstruits, du pays rapporté.

Elle tisse du silence, mes derniers jours se prolongent, je suis sauvée, sauvegardée, elle épaissit son réseau, borde mon passé, l'enroule dans ses feuilles libres, entre ses arbres jumeaux, décuplés, aux pointes fines lancées contre le ciel, elle soigne ma folie à terre, couchée sur son tapis de feutre roux, d'aiguilles, de mousse, elle cercle ma voix de brumes, m'étouffe, elle embaume mon enfance murmurée, aux existences minimes, de passage, insoupçonnées, j'instruis l'invisible, je conte pour le vent. Je suis sa bête, je chasse de nuit, ma proie, ma revenante est l'enfant des mers, nue, fragile, en misère, j'ouvre au coutelas, je pille, je révèle, indomptable, extraite de l'humain, je loge aux bois, j'obéis aux règles sauvages.

Ma vie n'est plus la vie éteinte du village, au feu de la forêt, mon temps est celui de l'animal, inversé, instinctif, mes jours sont des rites, je compte le nombre de gestes, la longueur du tunnel, le poids des fagots, la durée des actes, des pensées, je recommence, je chiffre l'espace du matin au matin; deux voix, deux corps, deux temps dictent la tâche, mon enfance incarnée est le dernier don de ma mémoire.

L'homme est absent de ma plénitude, soustrait, arraché, il est une menace de fuite, une perte, une entaille, je suis mon centre d'intérêt et de désintérêt, l'affaire et l'ennui, le calme et la fureur, je suis ma contrée, insulaire, je m'accapare, fouille ma chair jusqu'aux empreintes, des pépites brutes, non polies, je bats l'intrus et l'opposé, ma quête est restreinte et pourtant infinie, je vais à ma recherche, devenue l'élément observé, une investigation, à l'écart des grilles du village, d'un contexte déjà social, établi, structuré. Je suis libre, hors d'eux, mon souci est une unité. Une vague me recouvre puis me porte, je nage seule, vers le danger, agrippée à mon corps, ma famille, l'amant et le repoussoir.

L'homme m'encombre. Il m'est ajouté et non naturel. C'est un ordre, une charge, un obstacle inadmissible. Je m'en défausse. Il juge, cingle, il condamne, accentue ma différence, mon étrangeté. Il entraîne ses petits à la guerre et rompt ma ligne d'équilibre. Je trébuche au village. Je suis ivre de peur. Il me désosse. Je suis nue, amoindrie, un monstre démasqué. Son rire est une pluie de verre. Son regard est un rasoir. Sa main a la taille d'une arme de poing. Ses épaules portent les morts. Sa langue lèche le ventre du poulpe. Ses mots viennent de la nuit. Son encre est un venin déchargé. Les arbres de la forêt me regardent, me volent, nue à la source, acharnée au travail du bois, du tunnel, de la récolte, eux seuls savent l'action, la force, le moteur, la préoccupation, je taille, coupe, creuse, égalise, rassemble, entasse, je modifie la terre, la personnalise, je m'y insère, mon corps se plaque contre un miroir ouvert.

« Je suis une enfant seule dans le parc d'Oria, à part, assise sur le col de la grande pelouse, en vrac, dans un désordre de fleurs, de tiges et de grappes, où la nature n'est plus taillée, arrosée, entretenue. L'herbe y pousse par affolement. J'attends les visages qui sauvent la vie, arrachent de la solitude, réparent, j'attends mes parents, ma mère, mon père, séparés dans la ville, investis, obligés puis réunis au parc d'Oria, le point fixe de la rencontre, des retrouvailles. L'épaisseur du temps, sa densité, vient de l'anxiété qui ouvre l'infini, s'y engouffre, court à perte. L'absence des deux est une souffrance, une amputation. J'existe par ces visages amis, je me déploie sous leurs peaux, je me retrouve, contenue dans la pluie de grains roux du décolleté, dans les traits en lame, dans l'odeur de la nuque et des aisselles parfumées.

« Le deuil est défendu, illogique, c'est un péché. Les corps existent, ils sont toujours en mouvement, dissous dans la ville, occupés, en affaires, échappés de mon regard ; mais je prie déjà, mon attente est un recueillement, je formule mes vœux, demande pardon, je suis une enfant en tort, angoissée, mon imagination devance la tragédie, l'impose, la provoque. Ma peur est criminelle.

« Le temps de l'attente est bouleversant, l'enfant, la soie gît à l'envers, déchirée en morceaux, je suis perdue, mon corps est en danger, exclu du ventre, soudain étranger au jour de la naissance, tant de fois raconté, détaillé, un instant béni, sans cri ni douleur ; je quitte la chair de la chair, les muqueuses, la moiteur, je gèle au soleil, privée de mes deux lumières, un drap tombe, me recouvre, l'absence est un accident, le manque est une attaque, une morsure, une avalanche, ma peur est un sentiment-réflexe, j'invente au pire, je trame sur du noir.

« Le parc enserre sept bâtiments de treize

étages chacun, désignés par des lettres, un déclin de A vers G. La résidence d'Oria, construite sur pente et pilotis, comprend une grande pelouse, une crèche, quatre bancs installés en demi-cercle, une pelouse moyenne, un stade en terre battue aux dimensions non conformes, rétrécies, un couloir de lianes et de glycines, une épicerie, un coiffeur, une salle de mouvements, de danse et de gymnastique, une orangeraie aux fruits réservés. C'est un village clos qui donne à compter : combien de familles par paliers, le nombre de marches, de préaux, de boîtes aux lettres, de balcons, la longueur entre deux points opposés, la largeur des travées, le poids des bâtiments, combien de fenêtres, de volets, de portes, d'aérateurs, combien de corps la nuit, d'absences le jour, le chiffre exact de paquets reçus, d'enveloppes distribuées, de bouteilles vides, le solde des loyers, le prix de l'œuvre complète, la taille de mon ombre projetée ? Une forêt d'eucalyptus borde les barrières d'Oria, force sa limite, l'oppresse, la reliant ainsi à la rue du Paradis. Un passage est ouvert. Les arbres plient, hurlent, habités de formes oblongues et incertaines, une espèce inconnue fouille les branches, appelle au secours. On dit que la forêt couvre un tunnel secret que seuls les enfants pubères, en poils, en seins et en sexe réel, visitent, armés d'un bâton et d'une bougie. C'est un lieu d'initiation où les couples abandonnent le lait de l'innocence pour le combat des peaux.

« Les chrysalides percent du coton, se libèrent, la terre retient les derniers copeaux de l'enfance, elle transforme en homme, en femme ou en phalènes suicidaires. Les pubères rentrent chez eux, au bâtiment A, B, C, D, E, F ou G, marqués d'une petite croix rouge à la racine des cheveux. Longtemps j'ai espionné ma sœur battre la forêt, chercher quelqu'un, le second de la paire. Le vent a ici demeure fixe. Il dicte sa loi, enroulé ou en spirale. Il plaque au sol, déshabille et possède les femmes infidèles. Il les engrosse. Je traverse les colonnes folles sans tomber, portée. Mon petit âge me protège encore. Les fils du vent n'ont pas d'esprit. Ils regardent sans voir, ils étreignent à vide.

« Nous habitons l'immeuble B, au dixième étage. Ma mère fait monter des roseaux contre la rambarde du balcon. Les tuteurs rehaussent la barre d'appui d'un tronc. Mon corps est attiré par le vide. L'espace pur est le ventre de la mer, une cavité, une dépression avant le fond, l'assise des rochers; il contient le mouvement sans l'attacher, le sol est un grappin, une gravité, le couvercle d'un tombeau. Nous piétinons les morts. Ma mère me rattrape *in extremis* un soir de juillet, elle me saisit à la taille, happée par appel d'air.

« Je n'ai pas le vertige de la terre mais celui du ciel. Je me penche sur une seule jambe, mon poids basculé en avant. Je m'évanouis en fixant les nuages, je me courbe sous Dieu, assommée. Le ciel me renverse. On joue sous les préaux, à cache-cache, aux voleurs, aux gendarmes, à la fille et au garçon, on dévale les escaliers sur les rampes et les genoux, on raconte l'histoire de l'homme qui prit feu, on invoque les esprits, on s'effraie, des lumières, du soleil de pierre, des sécheresses, de l'eau rationnée, du gaz en fuite. Je ne me mêle pas, écartée par un mur de silence, une façade pleine, inviolable. J'attends. J'occupe mon malheur de fond en comble, je l'absorbe. Le jeu éloigne de soi, déconcentre, j'évolue à proximité de la peur, mon empire, l'incendie. Je suis l'enfant seule au parc d'Oria. Le désastre culmine à midi pile, après l'école. Le monde prend fin. »

« Mes parents sont le feutre de ma demeure, le coton des caresses, le sucre du jus. Assise sur l'herbe, une sensualité, serrée d'air chaud, enfuie de l'école, je suis impatiente. Je préfère cette oppression, intime, au malheur que provoque le nombre. Les mots des visages ouverts criblent par rafales. Un panier de vipères roule sur mon ventre. Ma solitude est un royaume. J'ondule sur une mer de sable prolongée à l'infini. Je suis l'élève écartée, différente, je suis la fille des peurs. Je jouis au parc de mon anxiété, je me monte à la tête, me détruis, libre, débridée. J'ai l'angoisse du corps sacrifié, de sa perte obligatoire, une fragilité programmée. Je patine sur la mort. Je chuchote mon mal à l'abri de la honte, d'un soulèvement de voix, une cabale. L'école m'étouffe, j'y suis étrangère, opposée aux élèves, en colère, contre le tableau, les devoirs, les punitions, le pupitre, la première planche du cercueil. Je me noie dans un puits de sciences. L'odeur des craies, des cahiers et des livres neufs modifie l'odeur des peaux. C'est un objet, une plume, un encrier, une gomme, une boulette mâchée. C'est les autres confondus.

« J'y suis violente, j'apprends à tomber, sur les mains, la tête, les fesses, j'apprends à me battre, à recevoir et à rendre les coups. Une armée de nains charge ses fusils, des règles, des compas, des élastiques, des noyaux de nèfles, des munitions de bois. J'apprends à être en nage, cramoisie dit ma mère, j'apprends le goût des nerfs, l'haleine salée, le sang à la bouche, le suint des aisselles, j'apprends à verser ma bile et cracher ma haine, j'apprends à fuir le groupe, sa cohérence, un petit gouvernement. Je n'apprends rien, seule la solitude instruit. Je sèche au soleil, j'applique une feuille de menthe sur ma plaie, je taille l'ongle fendu, je palpe mon cœur, verrouille son pouls, je sais mon corps, sa force et sa limite. Je viens d'un caillot de sang. La fille est une blessure. Je ne suis pas innocente. Je sais le désir et l'endurance des hommes. J'apprends à être un garçon. Je quitte mon camp, une grappe d'hirondelles blessées. Elles sentent la terre, je vise la mer. Je tombe sous la voix du maître, sous le manche de son bâton, je m'effondre sous la tranche de sa main, un battoir, je lui tiens tête. Je tombe sous les cris des enfants, des pelotes d'acide, je ne réponds pas, je frappe, j'ignore la puissance des mots, je suis punie, au piquet, au couloir, à la cour, je fais des heures supplémentaires. Je suis l'élève anxieuse, en repli.

« J'ai de la fièvre, je fais une crise de scarlatine, une hystérie après la course, j'ai conscience du corps, une tête d'épingle sur un stade, sous le préau, à la piscine, dans la classe, fragmenté à volonté, décalcomanié, j'ai conscience de la sexualité, j'en suis gênée, je suis violente. Ma robe est trop courte. Le maître pince mes cuisses jusqu'au sang. Il obtient le bleu des hontes.

« Je tombe au parc d'Oria, poussée dans le dos, trahie, je m'écrase sans me protéger, laissée au poids de ma chute, à la force de l'impact. Des ombres s'enfuient, effrayées, le sang abonde, nourrit la terre. Je me relève, je déambule, en aveugle, le front ouvert, le blanc des yeux brouillé, violé. Je cherche mes repères, un arbre, un escalier, un pilotis, les angles sont renversés, je saisis à tort un mur trop large pour m'accueillir. Le muet d'Oria vient à mon secours, il dépasse son silence, s'efforce, ses mots n'ont pas de forme, des rubans glissent de sa bouche suivis d'une distorsion de cris, de râles, de bribes animales. On accuse sa mère d'avoir embrassé un serpent, un mariage noir au sud du pays, après les montagnes. Sa langue séparée en deux laisse filer des phrases. Je me souviens l'avoir fui. Il comble ma dette. Un muet conduit une aveugle. Nous rejoignons tous les couples du monde.

« Des infirmes marchent en crabe. Je sens ses doigts rugueux, musclés à force de signes et de secrets retenus. Ma mère arrive enfin. Une femme traverse le vent. Nous sommes prises d'anonymat. Je suis blessée. Elle ne me reconnaît pas. »

Tomber. L'enfance est une chute en avant, un désistement de soi, une progression vers le bas. L'éternité se démet de l'être vif, s'en excuse, le relègue. L'enfant est l'élève de la mort, son apprentie martyre. Elle s'effondre : un jour, il lui faudra partir, quitter sa peau, perdre ses traits, s'effacer. On lui promet le ciel par la terre, le vent par les cendres, la paix par l'arrêt des sensations. L'enfant a peur, elle n'était pas destinée à mourir, protégée, aimée, serrée des siens. Tomber, avec la douleur de n'être rien, qu'un point mobile, un supplément. C'est soudain la honte du corps limité, sa mise à sac. L'enfant travaille au noir, elle imagine des cadavres, des os, des chairs saturées d'ombres, elle décharne les visages, elle récolte, l'œil et l'orbite, le nez et la cloison, la bouche et la mâchoire, l'oreille et le tympan, elle découd, fixée aux racines de l'être où la muqueuse bat à flots. L'enfant saccage, inquiète des lymphes, des parois humides, rougies, du trajet continu des sangs, une propulsion magique tenue au secret des peaux tendues. Elle écorche le corps rose, une innocence. Elle outrage. La finitude est une réalité stricte, une donnée, un passage obligé. L'insouciance s'ébrèche, le ciel est une massue. L'enfance est accusée, prise en défaut d'éternité. C'est la rupture des joies, des paix, de l'inconséquence du temps. C'est l'empire de la colère. L'enfant devient turbulente. Elle ne se nourrit plus. Elle ne s'amuse plus.

Le jeu n'est qu'une fuite, un détournement, une irresponsabilité. Tomber. Mourir. L'enfance est une panique. La fillette court un danger, arrachée du rêve, informée, sa pensée est un acte de chirurgie, une autopsie. Elle entaille, ouvre, fouille. Elle déploie. Elle surveille le pouls, au cœur, à la tempe, au poignet. Elle est malade de mort. On joue, au parc, à l'école, sur les plages, en forêt. Chacun porte le poids de son cadavre, chaque outil est un instrument de confection. La pelle, le seau, le râteau arment le geste. C'est une poignée de terre en moins, une planche scellée, un nœud de corde. C'est une concordance, un complot aux points serrés, un crime parfait. L'un passe le relais à l'autre, un bâton de feu. Une généalogie funèbre s'élabore. On tue par la vie. On donne à mourir. Un charnier pousse la marelle, la balançoire, la bascule, le cercueil. On transmet la peur, la chute, la capacité à tomber. On contamine. Chacun tend à disparaître. On oublie, on se démet de sa mort, on délègue, l'autre assiste au destin noir de l'un puis le rejoint. On se réconforte par le partage des peines.

Le retrait de soi est une violence. Tirée à vue, l'enfance se défait.

Je ne tombe plus. Je suis nouée à la terre, apprise, appréhendée de fond en comble, vautrée à hauteur des rampants. J'y cherche un visage, très précis, une connaissance, j'y cherche le visage exact de l'enfant défigurée par les peurs, de perdre, d'attendre, d'arracher, de disparaître. L'effroi continu provoque l'abandon, la fuite. J'ai dû partir. J'ai quitté le monde pour le sous-bois. Je ne m'effraie plus. Les arbres se resserrent, ils filtrent le vent, la pluie, la neige, la lumière, ils soutiennent, abritent, caressent. Je suis prête. Mais l'enfant est là, triomphante, elle retient, exige, dicte sa loi. Elle me prolonge. Elle m'arrime à son corps de lait. J'ai son odeur de sucre et de sueur. J'ai ses ongles roses et rongés. J'ai ses yeux inquiets. J'ai sa nuque lisse et ses genoux blessés. Nous sommes en liaison. Je tombe en enfance. Mon temps se traîne, fixé au poignet de la petite fille. Une chienne s'étrangle au bout d'un ruban bleu. Elle me tient. Seule la forêt permet cette extravagance. Des couloirs de pins, des sabots frottés, des coulées résineuses, une réserve de glace, de nouvelles pousses, des plis, des recoins, des cachettes, un nid au sommet des cimes, en équilibre, ici, je trouve le chemin vers le petit âge, une sinuosité.

Je ne tombe plus, le précipice est comblé, j'ai appris la mort, à force, je la sais. Ma connaissance n'est pas une morbidité, elle est pleine, positive. Elle est à proximité, à trois pas comptés. Les feuilles s'agitent, les ombres blanchissent, la mer disparaît, une bête court au galop, elle fend, en dépit des arbres et des broussailles, elle marque le sable humide, elle vient, pressée, vers moi. La mort n'est pas une idée mais un acte à accomplir, au pied de l'arbre malade, sous mes coups de serpette, à chaque poignée de terre enlevée, dans la plainte des loups qui traquent jusqu'à satiété.

C'est un objectif. J'ai cent ans de trop.

J'entends les chiens sauvages, détestés. Ils ne m'attaquent pas. Je sens l'haleine chaude et essoufflée sur mon visage. Ils inspectent ma place, passent leur chemin. Les loups ne sont pas en guerre, ils sont affamés. Ils déchirent par nature, la biche, le cerf, le gibier, ils épargnent la femme d'âge blessé. Je suis exclue des chasses.

Je ne tombe plus, soudée à la terre, le centre du monde, démise de mon corps d'origine doué d'une incroyable propension à s'écraser, du portique, des terrasses, de l'escalier. La honte m'a quittée. Seule ma mémoire est en chair, rouge et vive, une forcenée bouleverse les temps, rapporte la sensation. Je ne crains plus le souffle à l'oreille, les pas dans le dos, la main sur le ventre, à la bouche, la forêt est un maquis désert, le combat s'est déporté vers d'autres peaux, forcées à s'assembler, à se frotter, à disparaître l'une sous l'autre.

Je suis libre, fondue, un fossile effacé de la pierre, de l'écorce, du coquillage essentiel. Je protège les faits des fuites de l'oubli. Ils persistent, hantent. Ma mémoire est une consigne sans fond. Elle est illimitée. Elle retient l'effroi, l'actualise. Elle ramène au malheur du corps, à l'intolérable. Elle écarte les jambes, arrache le vêtement, elle dénude. Mille regards courent sur ma chair. Des doigts de singes font sauter les boutons de ma robe. Des yeux de suie cognent ma poitrine. Mille billes sont lancées vers la cible, un morceau de carton kraft. Je fus un objet, un désir, une lubie, je suis une masse, une absence au monde, je loge en forêt, au rang animal.

L'élève manque à l'appel. Elle ne viendra plus, elle souffre d'étouffement.

Fragile, l'enfant repose sur des jambes de verre. Des grappes, des colonnes, des groupes d'adversaires sont rivés à son corps. Ils le gangrènent. Ils le dépolissent. Sa beauté devient du papier mâché. Ils montrent les sexes pour rire et faire peur. Elle ne rit pas. Elle reste sérieuse. Son visage est un marbre frappé. La folie est admise, elle possède un statut, un rôle, à la ville, au village, entre les murs, c'est une farce, une gifle à l'ennui. Elle est applaudie. Je n'ai plus peur ici. La forêt est mon refuge. Elle déshumanise et écarte ainsi le dément. Nul homme ne pénètre le centre du lieu. Je suis déclassée, au ban des demeures, à l'orée du bois.

Je n'ai plus honte du corps, sacrifié, rompu, dépossédé de sa féminité, libéré des complications qu'elle engendre, la braise aux joues, l'obsession des chairs dévoilées, une provocation malgré soi; il est commun, fondu à la nature, aux bruits qui l'habitent, un atome gravite par spirales entre l'air et l'eau. Ma sensation, détournée d'autrui, se rapporte à la forêt, aux arbres pliés, aux caprices des lumières, je rampe sur la terre-maîtresse, un tapis soyeux, mon plaisir est d'une grande solitude. Un rêve unique s'empare d'un sommeil altéré. Je dors à demi, j'occupe la nuit, sa forme noire et profonde, je surveille son immobilité dangereuse, une eau stagnante.

L'homme est un carnassier, je tombais pour détruire son festin, la peau fine, les cheveux d'ange, les courbes pleines, liées entre elles, rattachées, la bouche, les seins, les cuisses, je ruinais le corps voué au destin charnel, rapide, en une seule prise, une mort subite, des images, du désir, juste consommé par le regard, un salut sans respect. Tout se faisait là, dans cela : « Viens ici. Au pied. Baisse les yeux. Donne-toi. » Tout se faisait à distance. Ce rapport est supérieur à l'acte. Il est réitéré. C'est un rendez-vous, une récidive, une persécution.

Mon désir appelle le ciel, sa cohorte de nuages, de raies et de dépressions, il est cosmique, séparé du corps, le plomb aimanté à l'esprit, le flocon prêt à s'élever. C'est une invocation, une féerie, je sais le sens de la beauté du ciel, le pouvoir du soleil, l'utilité des pluies, la vraie rudesse des périodes froides, ici je comprends la langue de la forêt, elle crépite, se déplace, se défend de l'homme qui fauche. Ils viennent. Le bourdon des scies électriques, les gerbes de copeaux, la chute de l'arbre abattu, la poussière soulevée, une nuée, une tristesse, les ronces qui griffent le visage des ouvriers en uniforme, les toux rauques, les crachats, le moteur du camion-benne, des rondeaux, des troncs ouverts, des corps de géants, ligotés, une hécatombe tenue par un grillage, emportée : voilà le cirque, le mouvement et l'action.

Ils découpent en bordure. Le centre est impraticable. Ils pourraient se perdre, s'enliser, avoir un accident. Après, le silence précipite la nuit qui ressoude les rangées brisées.

Je n'excite plus, je repousse. Je ne génère plus, j'arrache la paix, du village, des chemins sinueux et circulaires, des promeneurs égarés. Un diable quadrille le bois. L'effroi est passé de l'une aux autres. C'est une transaction inégale. L'unité renverse le grand nombre. La solitude inquiète les familles. L'exil gouverne la racine. Mes plaisirs sont minimes et capitaux : un pied au sol, le premier pas du matin, la volonté d'avancer, encore, de fouiller jusqu'au départ. J'occupe la coïncidence, le présent se relie au passé par emboîtement. Ma mémoire est cubique. Elle jumelle, renvoie, remplit les manques. C'est un jeu d'adresse entre le mensonge, l'oubli, le net et le vrai. En fuite des pays, des peuples, des misères, je possède un trésor, l'indifférence ingrate de l'enfant. La forêt est mon continent, une éternité sèche et invariable.

Je tombe aux marches de l'église blanche, je tombe à sa porte, rouge sang, je n'entre pas, je m'interdis ce droit, je tombe en cachette entre la nuit finie et les pointes du jour, à l'heure des corps gourds, je m'agenouille au seuil du temple, je traverse la façade à la force des prières, les mains jointes aux épaules, les bras couvrant la poitrine comme deux équerres réunies. Je ferme les yeux. Je vois l'autel ordonné, des bougies, nouvelles, longues tiges de paraffine méchées, encore vierges de vœu et de pensée, je vois les bancs déserts, les livres, à l'entrée, l'estrade, le drap blanc, un flanc percé, les figures pieuses peintes à même la pierre, surgies, intactes, insoumises au temps, puissantes, baignées d'une demi-pénombre qui protège leurs mouvements secrets, un sourire, une larme, un éclair.

Je ne sais rien. Je prie, j'improvise, je fléchis le corps, je baisse le regard, je me plie à l'immensité du Sujet appelé, étendu sur une bâche claire, infinie, parsemée de veinules, de sillons, de lignes blanches, les traces de ses gestes lents et réfléchis. Je suis nouée d'humilité, le ciel me transperce, ma force fond, je me donne en boule puis tendue, je ne sais rien. Ma connaissance défaille. Je suis portée par les sens. Je le sens, au centre de la forêt, aux marches du perron, posté au-dessus de ma nuque, le point de ralliement du cœur et des sangs.

J'entre en apprentissage, l'urgence m'affole, me presse, m'ordonne, je m'initie à la souffrance du doute et du défini : je ne mérite pas. Ma seule existence est déjà un outrage, une désobéissance. Je prie avec mon corps, encore mêlé à la terre, sale, rustre et impoli. La misère implore. « Aimez-moi. Aimez-moi. Aimez-moi. » La charogne se déhanche. Ma foi est animale, ma conversion est instinctive, je suis une bête traquée, prise de peur soudaine, la mort prépare mon lit, je tombe en miettes, je perds ma tête. Une ombre déboise la forêt, lâche ses chiens, ses rapaces, ses hyènes, ses lance-flammes. J'entre en religion, les pieds et les mains liés, prisonnière de l'ignorance, rejetée.

Elles, savent. Les femmes du village chantent les textes, se signent, prient à l'intérieur du lieu, clos, protégé, bénies, confessées, elles ont l'orgueil du savoir. Elles possèdent la science, l'historique. Elles sont douées, pleines et habitées. Elles croient à quelques pas de moi. Je ne sais rien.

Je prie avec ma pauvreté. Je prie avec mon corps, ma seule histoire, ma leçon apprise, le rivet des drames. Je prie avec mes ongles, ma langue, mes dents, ma peau, j'offre mes battements, mon flux, mes ligaments, ma foi est viscérale. Une mégère tente de s'élever. Le ciel est ma mission.

Je ne connais pas Dieu, je le pressens. J'ignore l'origine, les chaos, le premier verbe, le premier temps, la première naissance. Je sais juste la tentation et les opposés, le pire et le meilleur, le sec et l'humide, la guerre et la paix. Je sais aussi qu'il délivre l'homme écartelé.

« Dieu entre dans la chambre d'Oria. La nuit lui donne accès. Il apparaît par illuminations fugitives, un point doré, une mouche blanche, un reflet de satin. Je le sens, je l'aperçois, je l'entends mais je ne le sais pas encore. Il fait signe. Je ne suis pas prête. Il combat ma peur. Je suis une enfant, une ignorance. La peur creuse en vrille, décharne les êtres, dénature les jouets, les vêtements, les papiers, les petits sujets de bois et de porcelaine, figurines humaines ou animales, elle épaissit les choses, rétrécit la chambre, l'objet souffre d'inanité et redevient le produit, simple, le lambeau, la forme sèche, désincarnée. Je vomis du vent, j'étouffe du rien, je souffre sans blessure, je suis sous menace. La peur est une arme à feu. Dieu me sauve *in extremis* puis disparaît. Il loge après l'horizon. Je le sens sans l'apprendre, je le respire sans le voir, je le saisis sans contenir ses tours. Il est immense. Il est colossal. Il est la force et la vitesse. Il me sourit dans un miroir. Il m'offre un collier de sept coquillages. Il m'abandonne. La peur est l'épreuve, la flamme, la porte close, la tentation, le tourbillon. C'est le fond noir avant la foi. Ma peur est liée au destin de l'humain, une tragédie entretenue, rappelée, qui tranche l'obscurité. Sa couleur est rouge vermillon. Sa fréquence est quotidienne. Sa violence perce la nuit. Elle s'introduit. Ici. Mon pouls accélère, ma gorge est ligotée, je me rue vers une fosse sans fond, je perds la raison.

« La peur est dangereuse, elle bouleverse l'enfance. Je vieillis. J'appelle mes parents, allongés. Le sommeil est une impuissance, un abandon des charges. Ils sont Dieu dans l'amour constant, un coton serré autour de ma poitrine, ils sont osseux dans la mort, fragiles et transparents. Ils sont commandés. Ils n'y peuvent rien. Le temps fond comme une neige d'été. Je demande le soleil, la pluie, le ciel, ils me donnent la grâce. Je leur soumets l'éternité, ils m'embrassent avec folie; lèvres, souffle, joue, nuque pressée habillent le silence. J'aime ces deux visages, leur douceur, évidente. Ils sont connus, appris, intégrés. Ils sont plus qu'une rencontre, un hasard. Doués de divinité, ils sont à la genèse de mes traits. Ma famille : l'amie supérieure, le lien de fer, la digue, l'anse protégée. J'aime ces corps aimants, les épaules immergées, conquérantes, soumises aux vagues, les muscles luisants, posés sur le drap de bain, au repos, le ventre porteur, à peine rond, juste assez pour la tête de l'enfant gelé par la nage longue et douloureuse. J'aime ces mains affairées dans mes cheveux, souples sur mon dos, fortes à ma taille soulevée, serrées entre mes doigts, j'aime ce regard inquiet, attentif, qui couvre la mer et désamorce l'explosion des rouleaux. J'aime cet amour unique qui accepte la soumission et s'en délecte.

« J'aime ces voix chaudes reconnues entre toutes, elles s'élèvent au-dessus des foules et nous déclassent. Nos confidences contre le vacarme de la ville. Nos plaisanteries sous la cape austère du monde. Nous employons une langue blanche et secrète, une grammaire affectueuse. Je suis les deux profils réunis. Mon ton est le mélange du grave et de l'aigu. Mes muscles, ma peau, ma couleur, ma taille contiennent les deux trames d'origine. Je n'ai aucune préférence. Mon corps est mixte. Les détails soudent. J'apprends, je reçois, je mime, je calque. Mon savoir est un cartilage mou, une matière à consolider. C'est une expression, un timbre de voix, une histoire mille fois contée, un grain de beauté, c'est la paix des corps immobiles, concentrés, c'est la façon de marcher, de croiser les jambes, de fendre l'eau, c'est l'odeur du vêtement, des cheveux, du souffle, c'est dans l'intimité des gestes, des actes, des paroles que réside l'éternité.

« Ma peur dessoude, elle entre par la nuit, une déflagration renverse mon château. L'idée vient de ma sœur postée au commencement du doute, des questions, de la souffrance. Elle crie avec la lune. Féroce, animale, possédée. Ronde et pleine, elle hurle, blanche et vallonnée, elle frappe les murs. Elle est bleue, tétanisée dit-on.

« Elle quitte le lit, claque les portes, casse les objets, elle crépite de rage, elle répète “je ne veux pas”. Elle renonce au dessein général, l’extinction obligatoire de l’humain. Elle perd le sens, sa vie semble déjà arrêtée, fondue sous la lune, séquestrée. Elle se jette dans l’escalier.

« Quitter les visages de soie. Quitter la maison en paix. Quitter la saccade du cœur, la salve des baisers. Quitter les bras de pierre. Non. Je la comprends. Je lui en veux. Une reine s’effondre. Elle précipite ma connaissance et mon appréhension du rien. Mon corps tendu se solidarise. Je nous plains. Je tombe à nouveau, par influence. Je boucle ma chambre, lui interdis ma place. La peur est une messagère, elle apporte une nouvelle de feu. Un bruit l’accompagne. »

« Le bruit de la chaudière logée dans un bidon blanc, un cache cylindrique, amplifie ma peur. Deux câbles très résistants aux effets de pression et d'échanges la relient à la crèche d'Oria. Le bruit réactualise l'effroi, il éventre mon sommeil en deux, rabaisse, je suis recroquevillée. La chaudière se recharge, toutes les demi-heures, elle s'alimente en électricité, elle m'appauvrit. Son tremblement monte les étages, traverse la pierre, saisit mon corps, le bruit devient la peur même, son ossature, sa carnation. Ils sont indissociables, il l'habille et la provoque. La chaudière est placée au-dessus d'un petit chemin de terre. Elle tient sur une colonne de ciment gris et armé, aussi employé pour renforcer la base des pilotis antisismiques. Elle assure la crèche en eau chaude. Ma peur naît aux frottements circulaires de deux pales en marche. Elle a la force d'un réacteur. Je suis propulsée. Le bruit réside à son sommet. Il l'escorte et fait annonce. La crèche d'Oria a la forme d'un kiosque fermé, munie d'un toit-chapiteau. Ses baies sont vitrées. Elles gainent son tour complet. Ainsi, on peut voir, observer, entendre les enfants. Ils dessinent, modèlent, découpent le papier, le tissu, ils apprennent les chiffres, sur les doigts, au feutre, à la craie, sur le tableau, avec des cubes, ils font des constructions simples, pédagogiques, exemplaires.

« La cour est aménagée. Elle possède un tourniquet, un portique, des bancs, une série de bascules et de balançoires. Elle est fleurie. La crèche appartient à Oria. Seuls les résidents s'y inscrivent. Les parents surveillent des balcons. Ils épient. Ma mère surprend ma solitude. J'ai honte. Elle dérobe mon intimité, une impuissance à lier connaissance. Au début, je ne sais pas qu'elle regarde; après, ses questions, sa peur, maternelle. Elle vole un secret, mon isolement. Elle s'inquiète. Je reste au centre de la cour en terre battue, immobile je fixe mes pieds. On gesticule autour de moi. Les enfants sont opposés au silence. Je ne me mêle pas. Ma mère s'étonne. Je suis nerveuse à la maison, bavarde et turbulente. Je semble triste, figée, dit-elle. Ma personnalité est derrière un mur. Je brime ma violence. Je ne m'associe pas. Elle me voit seule, les bras au dos, les jambes écartées, la tête basse, un arbitre, un planton, un garde-barrière ; elle me surprend dans une attitude de garçon.

« Je fais des bouquets de papier crépon et de lilas, je joue aux "noyaux d'abricot", j'attrape un perce-oreille, je compte jusqu'à dix, je me socialise, j'apprends *Gentil coquelicot, madame* et *Meunier, tu dors*, je cours, je tombe, je gesticule enfin, je m'enfonce un bâton dans l'œil, un accident, je ne dis rien, je me crois borgne, puis ma double vue revient, avec ma solitude. Je me donne à moitié. Je me laisse embrasser, par les maîtresses, l'odeur du parfum contre mon odeur de savon. Elles collent du sparadrap sur ma bouche à l'heure des siestes. Je ne veux pas dormir.

« La chaudière tremble dans un chemin

de terre accidenté qui mène à la terrasse. Une dalle géante, posée au sol, à peine dénivelée, couvre le centre mécanique d'Oria. Sous la pierre, un nid de tuyaux et de pompes commande l'eau, le gaz et l'électricité. Le métal ordonne les flux, la transmission, l'échange. Ici se régénère l'énergie des foyers. C'est le lieu du jeune homme inconnu, une apparition. Il traîne, attend, urine en cachette, ses cheveux sont roux, son regard est bleu. Il n'habite pas Oria. Le ciel est son toit. C'est le fils du vent. Le chemin est sa tanière. Il le possède. On retrouve des gobelets usagés, des mégots, des allumettes noires, une chaussure, un bouchon de liège. Il prend le soleil allongé sur la terrasse, au-dessus de l'usine réduite, en maillot de corps, parfois torse nu. Mille paillettes orange grainent sa peau. Il pose ses mains sur son ventre, il guette, à la lisière de la forêt d'eucalyptus. La dalle est brûlante de soleil, d'électricité, d'eau chaude. Il ne souffre pas. Son corps est mixte, à peine humain. Il urine debout, crache à volonté, il siffle, il chasse les moineaux à la tire-boulettes.

« Le jeu consiste à traverser le chemin

sans le rencontrer. On doit deviner son absence ou courir vite, les yeux baissés; un regard et le vent assaille, happe, propulse vers la forêt. Le trajet comprend l'aller et le retour. La course à risque est un gage, une épreuve, une idée de ma sœur; elle assure le silence, l'éternité du secret. "Si tu y vas, je ne dis rien."

« Taire, le lustre cassé, les tables tournantes, les pneus dégonflés, la mauvaise note, taire, son flirt, sa cigarette, ses bagarres, son dos griffé. Taire et se faire peur. Souvent, je traverse. Souvent, je mens. Je raconte sa voix, des râles, sa nudité, son sexe, ses mains sur mon visage, son cœur percé, sa langue brune, son odeur de feu, de soufre frotté, ses pieds palmés. Adossé à la colonne de ciment, il apprend le chant des enfants. Il répète à la folie "Ton moulin, ton moulin va trop fort." Il dévore des oiseaux. Il commande le vent. Il frappe la chaudière avec sa ceinture. Il s'adresse aux arbres. Il se gifle. Il boit les rayons du soleil. Il change de couleur. Son sang est froid. Il porte une perruque. Il fait les yeux blancs. Il se transforme en lézard. Il disparaît sous la dalle. Le mensonge est un pouvoir, ma force, ma vengeance sur l'aînée.

« Après la terrasse, à l'entrée d'un chemin secondaire, en pente jusqu'à l'orangeraie, deux citernes vides, désaffectées, ouvertes à la base, sont protégées par les ronces, les orties, seule une main d'enfant peut s'y introduire. On craint les serpents, les rats, les aiglons à l'abandon. On joue à la balle "contre la muraille-la balle tombe-un homme passe-la ramasse-la met dans sa poche-et puis s'en va. Je joue à la balle..." La pelote rebondit, à l'intérieur d'une citerne. Un miracle, un ennui, se dévouer. On fouille le plomb, des papiers, des ordures, des fruits séchés. On trouve une bague, intacte, une pierre et un anneau d'or, avec son écrin, un bijou de noces. On la porte à tour de rôle. Je grandis, je la perds, l'alliance du vent rendue au vent. L'été, les gens d'Oria quadrillent le lieu à la lampe torche. Une nuée de lucioles brigue un talisman.

« La chaudière se recharge. Elle prévient d'un malheur : ma mère souillée, des traces de suie sur ma gorge, ma mère attaquée, des mains sur ma chair, des ongles noirs sur ma poitrine, l'haleine étrangère sur mon ventre, je suis salie par filiation. Elle porte une robe jaune à motifs, un imprimé, serrée à la taille, moulante, avec quatre boutons au col déchiré pour se hisser à hauteur du bassin, la bouche sur le nombril, la violence sur mon lien sacré, un singe pendu à une sirène, la gale sur un pétale de rose, ma mère, attaquée par un fou, un homme qui rampe. Elle raconte, à peine, la rue, le jour du marché, la prise, la peur, la bousculade, la fuite, *in extremis*, ce n'est rien, des traces de griffes, un crachat dans les cheveux blonds, une morsure, une ecchymose, le feu à la maison ; ce n'est rien, dit-elle, soudain sauvée, reconstruite, effacée, par l'eau du bain, par les mains de mon père, ses caresses après la poigne de fer, ses empreintes sur la suie, sa douceur sur le sang au collet, sa soie, son parfum après les haillons. La chaudière explose dans ma chambre, je suis renversée.

« Seuls les sanglots rapides disent. Seules les lèvres blanches révèlent. Des marques animales sur les grains de beauté, du vinaigre sur la peau laiteuse, la bête contre la femme, l'œuvre de Dieu se défait, je perds l'idée que j'avais de lui, je m'égare. Longtemps, le bruit de la machine retransmet l'événement. C'est une leçon, une récitation. Il scinde mes jours, le soleil puis l'encre noire, la tristesse déchire ma nuit, on agite des grelots, les cuivres montent par spirales la paroi du dixième étage. Un vacarme retentit sous le silence des autres. Ils n'entendent pas. Ils ne me comprennent pas. Ma mère attaquée, je déserte le sommeil, j'effectue une marche héroïque, de ma chambre à la cuisine, les pieds nus sur le carrelage du long couloir, un tunnel sans fin où les ombres se solidifient, des doigts sales pincent mon visage. Je traverse, encore, le sillon de deux façades éventrées. Je relève un défi. Je sais l'immense vide de l'être, désarmé. Je cherche le sens de mon enfance. J'apprends à être de plus en plus seule. Je m'évade des miens.

« Les arbres d'Oria plient, emportés par le vent au petit matin. »

Mes mains prient sous la terre effondrée. Je décèle Dieu dans la matière. Mes mains modèlent une travée vers sa place, un lieu sûr et secret. Les grains nobles retenus au tamis composent les perles de son visage, désassemblées. Il réside dans ce qu'il crée, il multiplie sans mesure. Il est alentour. Il détient l'ordre de ma mémoire, du souvenir, il décide des fréquences nostalgiques, il articule les temps différents. Une éminence conte l'enfance, trame l'histoire, une force supérieure me devance. Mes mains pétrissent l'invisible, elles s'enduisent de sublime, ma misère se dissout, j'entre au royaume. Nouée à l'idée, enfin restituée, acquise, ma confiance est intuitive, je sens, je décèle avant l'image, l'information. La foi est une épée, je suis transpercée. Mes mains sondent l'obscurité, pliées, crochetées, tendues, elles battent la terre à rebours, à volonté, elles broient les filaments, les coques, les résidus, elles briguent la paix, la lumière d'une lande sablonneuse et désertique. J'ai la puissance du forçat, en masse, en nerfs, en nœuds, je déplace le ventre des bois, je prie avec mon corps, j'ai cent ans : une enfant vient au monde.

Je ramène Dieu en forêt, je l'accapare, le dérobe, je dépouille le village, le temple, les femmes pieuses, je me venge, pauvre, exilée, je trouve un Père, des épaules, le feu d'une présence. Il vient. Je l'invoque avec mes chairs serrées, denses, encore vivantes, je le réclame, fille capricieuse, avec mes côtes, blottie à la terre-mère, nourricière, avec mes peaux blessées, demi-nues, avec mes jambes ensevelies, avec mon visage couché sur les graviers, humide, sans orgueil, soumis au gel, au vent, aux épines. Je perds la beauté mais j'étreins la grâce.

Il est là, à l'écorce, au petit bois, entre les mottes du terreau battu, filtré, contrôlé. Je quitte mes semblables, les hommes debout, offerte, obnubilée, aux racines, à mille pieds peut-être du magma, des arcanes souterrains ; ma vie réside sous la ligne des pas, des courses, des chasses, mon sort est entre ses bras. J'invente mes prières. Il ne m'en veut pas. Je chante l'amour. Je n'ai plus d'âge, ma peau est boueuse, j'entends les chiens lâchés, les gardes forestiers en campagne, les femmes dépossédées du Tout-Puissant, je ne crains rien, les arbres sont des fanons serrés, indestructibles, le vent est une soufflerie, mon gîte passe sous verre, une pluie de feuilles recouvre mes traces, mon travail, mes outils, ma demeure, un feu de terre brûle les chiens, enragés, les sujets des maîtres meurtriers. Je m'achève. J'arrive à échéance, broyée. J'ai cent un ans. Je suis dépeuplée, coulée dans le ciment de l'exil et des solitudes, mon absence au monde, ma désertion, est une permanence à Dieu ; il dirige ma mémoire, mes dernières forces, il intervient ; destinée à un autre foyer, un château de sable, une abstraction, je me veille, une présence circule, un murmure continu effraye les jeunes louves. Les bruits de la forêt fondent en une unité. Ils font cabale autour de moi.

C'est un souffle, un ressac, un coup de

pilon, une branche qu'on taille, de près, de loin, un bris de glace, dessus, dessous. Il guette, attend, prépare. Il n'est pas humain. Il prend le vent, le ciel, la lumière, les nuits. C'est mou et solide, de la résine, du lichen, un fer oxydé, figé et fugitif, opaque et transparent, c'est un va-et-vient, une indécision, une volonté qui se rétracte.

La boue brime mon corps, je vais à la source, le gel obstrue son débit. Mes poings sur la glace, ma volonté, du fer et du plomb, délivrent l'eau, dégorgent la nappe, orientent le flot. Ma fièvre, opposée au gel, forme un cerceau de vapeur; mon corps s'y engouffre. Sertie, protégée, arrachée à l'hiver, je suis prise en pitié, en indulgence, une main chaude et attentive restitue l'orgueil et le respect du corps, brise les bâtons de glace, des pointes coupantes qui captent la lumière oblique, un rayonnement, pour décupler leurs cristaux.

Le froid est une indifférence, la peur, la honte, la gêne se substituent au profit du plaisir, exagéré, céleste et inconscient;

défaite de l'esprit policier, autoritaire, le régent du corps, je me déshabille.

Je perds ma réaction. Indolore aux morsures du grésil, des gerbes de tessons pilés visent ma peau. Je maîtrise l'agression, vierge, sous abri, en deçà de coups et de blessures, démise de la terre, le malheur humain, grisée par le ciel, je prends un bain de glace. Je danse sur des braises.

Je suis libre, nue, au froid et au vent, affranchie des douleurs, de la sensation. Je suis recueillie. Je me caresse, je rachète mon corps, ses défauts, sa grossièreté, ses lignes basses et brisées, le sang échauffe mes chairs, je suis encore en vie, en bouillon, résistant à l'ordre imposé, au secret du monde et des peuples. Une mégère quadrille les bois, la sorcière rugit, elle égorge les loups, pille les terres, la nature nourrit un monstre, une rumeur court au village, menace; ma différence est un délit.

Un siècle me compose, la force me dévore, je parcours un paradis, une lande fertile et ensoleillée, une adoration; je porte mon enfance, avec regret. Je saisis mon corps, nu, à pleines mains, les seins lourds et robustes, le ventre massif, les épaules de pierre, je regagne mon lot. J'aime mon poids, son invasion, sa férocité. J'aime cet homme qui réside sous mes peaux. Je le serre, je l'étreins, je me possède. J'aime l'ossature, la largeur, sa mémoire. Un corps témoin conserve l'effort, les marques, le combat des forêts.

Je me frotte aux arbres, le crin naturel, enduite de résine, en feu, en nage, sensuelle, je me sèche avec des feuilles, enroulée, sur la mousse et le terreau, motivée par l'envie, une traînée de cent ans découvre une nouvelle piste : sentir, la peau, l'odeur, le produit, le sexe de l'autre, être renversée.

Mes mains abusent de moi.

« Ma mère rafraîchit mon corps nu avec un coton humide, imbibé d'eau de Cologne ; un palet ouaté parcourt, opère, la peau, l'explore, vrille, dévale et remonte en courbes, contourne les parties intimes et défendues. Elle s'attarde à la nuque, sous les cheveux, un point de chaleur, elle mouille mes osselets, les attaches, des poignets et des chevilles, elle glisse entre les doigts, de main, de pied, elle semble vérifier, l'œuvre close et finie, petite et souple. Elle traque le sang, rapide, en mouvement pendulaire, elle insiste sur ma poitrine, si fragile, elle frotte la peau avec la volonté et l'illusion de pénétrer la nervure, les veines, le rougeoiement, de lustrer les bronches et les bouquets d'alvéoles. L'été est une fournaise. Je me laisse faire. Je m'abandonne.

« Les chambres sont exposées au brasier malgré les volets, les fenêtres voilées, l'obscurité feinte ou permanente. Le soleil perce, incendie, brûle les lamelles de bois, jaunit la toile, les objets, fendille les vitres soumises aux jets, à la pression d'un chalumeau. Le soleil est une maladie. Il ronge, assèche, fait fondre. Il épuise. La nuit contient ses ravages et redistribue les pertes du jour, ses vestiges, une chaleur compacte, résiduelle, un ennui, une anxiété. Le soleil me fait peur. Il est violent, viril et résistant.

« La nuit empeste. On ouvre une réserve d'essence, une citerne, on craque une allumette, on mêle le gaz au feu, par ajout et association, on est en flammes bleutées, on dresse un bûcher. La nuit combustible sent le soufre ; c'est jaune sous mes ongles, sur mes draps, en taches et en sillons, sous mes aisselles, je flambe, j'asphyxie, j'égrène un piment, je sécrète le feu. Mon matelas est un tapis de lutte entre les membres et le sommeil, un tatami, une laine chauffée, un acrylique, je veux la chute, le rêve, l'abandon, je cherche le vent, enroulé aux montagnes lointaines, absent de ma place, il retient les pluies. Je suis privée. Je suis punie.

« Écarlate, en eaux, en fièvre, je trempe le lit, j'attise le feu, je quitte les plâtres fondus. Ma chambre est un cratère.

« Nous veillons sur le balcon, en dalles rouges. Je m'étends, immobile enfin, rescapée, une main passée entre mes cuisses, l'autre au visage presque endormi. Je suis une enfant recroquevillée. J'entre en existence, lente et sage, une longue brasse coulée, je plonge sans bruit vers les songes, une paix à conquérir. L'air, chaud et lourd, immense dans la nuit-incendie, perd en densité. Je respire. Je suis légère. Je me suis habillée, l'extérieur est une fête, ma mère dispose les tapis, brûle des bougies.

« Une assemblée murmure, prie, attend la clémence du ciel, la rupture de sa charge orageuse. C'est une magie, un don, une exception. Un droit de veille est accordé aux enfants. Oria souffre d'insomnie. Chacun sait la douleur des nuits chaudes, une course dans un sable mouvant, chacun sait l'action du feu sur les esprits, une violence braquée contre soi. Certains descendent au parc, jouent, crient après minuit sur les pelouses élargies par l'ombre unique.

« La chaleur disparaît sous la main de ma mère, je sens, l'odeur de paraffine, d'eau de Cologne, ses doigts sont doux et appliqués, le ressac des dialogues adultes, parfois complexes, restitue l'unité ; la chaleur contre mon père, sa voix ouvre une tranchée dans le mur du feu, sa force renverse l'été, il fait passage, il repeuple, il donne vie, il sauve. Je maîtrise l'incendie. Je somnole sous haute protection. Ma sœur est étendue sur la dalle rouge et polie, mon exemple, ma vénération, elle frotte un citron glacé sur sa peau. La main de ma mère tisse une couronne de blé tendre. Leurs rires comblent ma misère. Leurs mots ajustent mes images, imbriquées, elles préparent au songe qui décomposera ma journée en détails puis en actes majeurs. Je constitue déjà ma mémoire. Les arbres d'Oria sont muets, des échasses, des cannes, des perches, des béquilles ; la forêt est une remise, un fouillis d'instruments délaissés. Je fixe le ciel, Dieu arpente la nuit à grandes enjambées.

« Je porte une jupe à boutons nacrés, un voile de crêpe facile à relever, à ouvrir, à fouiller; ainsi vêtu, mon corps possède la forme d'une femme, il anticipe. Je l'astreins au silence, recroquevillée, je m'endors, par honte, je délaisse les miens, je fuis la gêne des peaux, des membres, des pensées. Mes images sont secrètes. Ma perception est erronée. Je pénètre une réalité invalide, fabriquée, cousue, une fantasmagorie. Mon rêve est immédiat. Le fils du vent détecte le premier ma beauté. Un charme fragile, irrégulier, personnel. Je le rencontre par rendez-vous. Je joue avec le feu. Il répète "tu es jolie"; c'est tout. Il touche les cheveux, le tricot sans manche, surtout le visage. Il pince mon menton. Il ne perce pas le vêtement, les chairs. Il reste en contemplation. Il suggère, valorise, certifie. Je tourne autour de lui. Il arrête ma course rapide, le défi du chemin de terre, le gage qu'exige la confidence. Je traîne. Je prends mon temps. Ma sœur m'arrache. Avec ses ongles, avec ses bras, avec ses épaules, avec ses cris. L'aînée souffre d'anxiété. Mon corps est son devoir, sa responsabilité. »

Mon corps est d'âge blessé. Je cours en forêt, destituée des sensations primaires, le froid, la faim, la peur, je ne subis plus, je distribue, je fais ravage, je suis le froid, la faim, la peur, j'entraîne le vent, les feuilles, la pluie glacée, je quitte ma carnation, une sanguinolence, je suis la matière, le composite, l'élément, la pâte à lier, mon corps est une impulsion, un chacal entre en combat obligatoire, perdu d'avance, attelé de cuir, un corset de forçat. Je cours avec endurance et déraison, mes muscles soudain gonflés, serrés, renversent le temps, l'assassin, l'homme des charpies. J'ai vingt ans. Je perds la tête. Je perds l'enfant. La forêt dense, humide, anonyme et feuillue est multiple, unique, égale dans ses parties jumelles, trompeuses. Son contenu est fidèle. Chaque arbre possède un miroir sans fond, un puits, ils sont disposés en rangs de petits soldats prêts à charger, bientôt blanchis par la neige, des vieillards dévêtus. Elle tombe, lente et cotonneuse. Le ciel s'abaisse à moi. Je contre son poids, une suffocation, je rampe. Il est à quelques mains comptées. Je perds la fille du sable. La forêt se complique ; noire, en réseau, de pins et de bouleaux résineux, ses arbres fouillent le ciel, l'aveuglent. La neige est une vengeance. La terre, meuble, s'oppose à moi, se ligue.

Je dois quitter la place rude, givrée, une rugosité sur ma peau. La misère se débat, résiste, je cours à volonté, en folie, devant, derrière, à la diable, perdue, ma traversée est ronde, circulaire, je double mes chemins, je tourne très loin du gîte, du feu, je m'égare. Les branches osseuses griffent mon visage, je ne sens rien, seul, le sang évoque la blessure, la justifie. J'oblige, j'écarte, je casse, j'abats, je piétine, les mousses, les racines, les taillis, les dénivelés. La forêt dirige sa propre meute.

Chaque flocon est un arrachement, une saisie sur l'histoire, les visages passent, par cristaux, fondent, vite, avant mes caresses, ma reconnaissance, je perds les miens, des miettes d'ouate brûlées pénètrent mon corps, m'échappent, je suis en chantier, en bruits et en poussières, je cours, je glisse, je m'enfonce, je tombe, une fille chante sous la pluie blanche, incendiaire, la chaux drape les bois. Je reprends ma course ronde, aidée. Ma mémoire intervient. Elle m'instruit.

« J'étouffe après un fond d'œil, intoxiquée. »

« La peur étrangle ma mère. »

« Une caravelle fonce sur le bâtiment B. Je ferme les fenêtres et les yeux. Elle passe au ras du toit, brise les antennes. »

« L'eau étincelle. Le ciel est immergé. Je plonge sans savoir nager. »

« Les singes ont des gestes humains. Ils courent, crachent, s'étreignent. Ils jouent avec leur sexe. »

« Je me perds à la plage, les rouleaux explosent. Je marche pendant deux heures. Je deviens à jamais l'enfant sursitaire. »

« Ma mère souffre d'un rêve récurrent. Je suis attachée à la voie ferrée, le train arrive avant elle, à grande vitesse. »

« Je m'endors sur un banc, à un pouce d'une vipère immobile. »

« Je marche sur un orvet, en montagne. »

« Je tue un serpent avec un pic de parasol, à la Plage dite Familiale. »

« Je trouve une peau de couleuvre séchée, une desquamation. Elle se transforme en brin de cactus et pique ma paume. »

« La voiture prend feu. Ma sœur saute côté route, en marche. »

« Ma sœur est attaquée. Son crâne, apparent sur vingt centimètres, est de couleur grise. »

« Ma sœur ramasse au parc un pigeon blessé. Elle l'enferme dans la buanderie. Il se déplace en biais, avant de mourir. »

« Je me sens vulgaire, le premier jour du sang. »

« J'exige un autre prénom, masculin. »

« Sept coquillages glissés sur un fil de soie annoncent mon arrivée. »

« On reçoit de la campagne une viande

équarrie, ficelée, un gigot de fête. On jette son enveloppe, un torchon, une toile en sang. »

Ma peur n'est pas une fuite, conquérante, tenue par le désir de Dieu, un entêtement. Mon vœu est infini, de chair et de vent, je réclame ses épaules, son ventre, ses dix doigts sur mon front, je réclame la clémence et le pardon, une pitié.

Mon désir, noué au corps, assure mon éternité. Je quitte la sensation, la peur, le froid, la faim, j'organise ma battue, mon corps se livre aux chiens. Je veux Dieu dans le mouvement, je veux l'étreinte, la pression puis la douceur, les huiles de l'enfance.

Un homme pénètre les bois, avant la nuit. Ses cheveux sont roux. Ses yeux sont bleus. Il est sans voix. Il porte une corde autour du cou. Il appelle avec ses mains, il dit avec une langue étrangère. Il court dans mon dos. Cet homme-là figure à l'enseigne de Dieu. Il rompt les branches sans briser. Il traverse. Il annonce avec un bruit de clochettes, un grelot au bout d'un bâton. Il sautille. C'est l'homme-animal. Il dépasse mon ombre, mon corps. Je suis devancée. Il me succède.

Il porte mon corps d'enfant, petit, souple, taillé contre la chaleur, dans une peau fauve, un enduit particulier. Je l'entends avant mes pas. Il crie sans râle. Je l'entends avant le bruit. Il anticipe. Il possède, agit, modifie avant la réalité. Il précède l'acte, l'idée de l'acte. Il est nu avant même l'idée de nudité. Son temps est en dessous de zéro. Il est moins l'Infini. Je tombe, par vertige. Je me noie en forêt.

« Mon père est Dieu. La mer composée, de courants chauds et froids, de couloirs obliques et parallèles, rompt sa ligne de flottaison par un gouffre, une césure des fonds ; seul le ciel détecte la dénivellation, la couleur modifiée, la manche large et noire, une falaise. La fosse aspire le nageur, contraint le corps, l'indispose, l'arrache des surfaces par à-coups, elle l'épuise jusqu'à la mort. Un homme, jeune, nage, loin. Il s'échappe, excité, rapide, fort, en longues brasses jetées, en cercles mousseux, il tire son corps vers l'horizon, un ruban bleu, fixe, une utopie. Il dépasse le banc de sable, l'avertissement, la dernière chance, le marchepied du puits construit en sillons décroissants. Mon père surveille, attend, un signal, la voix, la main, l'absence. L'homme happé disparaît. Il inverse la surface et le fond. C'est une méprise, une panique. Il lutte en sens contraire. Il coule au lieu de se hisser. Il perd la tête. La lumière devient sa seule alliée. Longtemps ignoré, le soleil devient son seul secours, un repère, une urgence, un ami, une famille, l'arbitre de l'eau et du corps, neutre et impuissant. Ses mots ne portent plus. On croit au jeu, à la simulation. "À l'aide. À l'aide. À l'aide."

« Le visage, la poitrine, le sexe, le désir, l'appétit n'existent plus. Le corps forme une unité.

« Seuls la force, l'instinct, l'animalité comptent. Survivre. Se débattre. Hurler. C'est une lutte de soi contre soi. Il maudit son poids, ses muscles fondus, l'ossature, le désordre des gestes, la perte du souffle. C'est une pauvreté soudaine. Il s'encombre. Il est séquestré. Mon père nage à contre-courant. Arrache les vagues, démantèle, entraîné, il maîtrise la mer, sa trappe, une hypocrisie. Il donne des coups de reins. Il glisse, s'allège, fend. Sa peau contre les remous. Sa tête hors du feu. Ses épaules jointes aux lames. Il flotte, sur le dos, sur le ventre, il récupère, le souffle, il double la course, la fouille, il possède l'eau, la femme violente. Il s'adosse au banc de sable, se penche vers la fosse, les pieds calés. Il fait la planche. Il prend, le naufragé, un chien perdu, un enfant, il prend, par les cheveux, la nuque, le corps repu, inerte, un mort-né. Il traîne le noyé, un sac de pierres. Il profite des rouleaux, une excuse jusqu'au rivage.

« Les gens de la plage se rassemblent en couronne autour de deux hommes allongés, ils forment une sphère, un anneau de chair et d'oxygène, ils distribuent la vie, ils sont défigurés. Je passe entre les cuisses humides, j'écarte les baigneurs, je pousse, je touche, ils sont hébétés. C'est un groupe, un attroupement, une concentration. Ça sent le sel et le suint. La chaleur rectifie l'odeur des peaux. Mon père a les yeux rouges. Il enlace le noyé. Il frappe la poitrine, le cœur, la gorge. Il bat un pan de bois. Il pince, ouvre les lèvres, il respire, souffle, respire, il contrôle, à l'intérieur, à l'extérieur. Mon père embrasse un étranger. Il sauve de la noyade. Le corps reprend. Il revient. Il retrouve. Il possède. La mer est désertée. Seul le bruit des rouleaux harcèle notre mémoire. La couronne se resserre, elle dresse une ombre contre le soleil. Les gens de la plage sont témoins malgré eux. Mon père répète mon prénom. »

DU MÊME AUTEUR

Aux Éditions Gallimard

LA VOYEUSE INTERDITE
roman, prix du Livre Inter 1991

POING MORT
roman, 1992

Aux Éditions Fayard

LE BAL DES MURÈNES
roman, 1996

IMPRIMÉ EN FRANCE PAR BRODARD ET TAUPIN
La Flèche (Sarthe).
LIBRAIRIE GÉNÉRALE FRANÇAISE - 43, quai de Grenelle - 75015 Paris.

ISBN : 2 - 253 - 14691 - 9 31/4691/7